AF359039

CATALOGUE

D'UNE COLLECTION

DE

MÉDAILLES

ET MONNAIES ANCIENNES & MODERNES,

Grecques, Romaines, Moyen-Age

et une suite intéressante sous la République de 93 ;

De Curiosités diverses, Figurines en bronze, en ivoire,
et divers autres objets,

DES ESTAMPES HISTORIQUES

Sur la Révolution, l'Empire et la Restauration,

ET UNE SUITE DE PAPIERS MONNAIES ET ASSIGNATS,

Du Cabinet de M. le Chevalier DE PÉTRÉ,

Officier supérieur de la Marine.

DONT LA VENTE SE FERA POUR CAUSE DE DÉCÈS,

LES VENDREDI 12 ET SAMEDI 13 AVRIL 1850,

heure de relevée,

HOTEL DES VENTES,

RUE DES JEUNEURS, 42.

Par le ministère de Me **BONNEFONS DE LAVIALLE,**
Commissaire-Priseur, rue de Choiseul, 11 ;

EXPOSITION PUBLIQUE

Le matin de chaque vacation de 11 heures à 1 heure.

LE PRÉSENT CATALOGUE SE DISTRIBUE :

Chez Me BONNEFONS DE LAVIALLE, Commissaire-Priseur, rue
de Choiseul, n. 11.

M. ROLLIN, Antiquaire, rue Vivienne, 12.

Et M. DEFER, quai Voltaire, n. 21.

1850

AVERTISSEMENT.

Il nous a été, pour pouvoir faire cette vente promptement et avant la fin de la saison, imposé l'obligation de ne rien changer à la disposition dans laquelle l'inventaire de cette collection a été fait, nous avons donc dû cataloguer les médailles selon leur ordre dans les tiroirs du médailler, nous réservant cependant de faire quelques divisions de leurs contenus au moment de la vente.

Nous donnons le sommaire suivant des principaux objets dont cette collection se compose, savoir : Des médailles grecques, médailles romaines en argent et en bronze, consulaires et impériales; Monnaies françaises du moyen-âge, dont plusieurs de Charlemagne ; de belles médailles, dont celle de Louis XII et celles d'Henri IV et de Louis XIII, et hommes illustres de leurs règnes par *Dupré* et *Varin*; aussi des médailles et jetons des règnes de Louis XIV, Louis XV et Louis XVI, et une suite intéressante et rare de médailles et clichés de la République de 1793, l'empire et la restauration.

Une collection de boutons, plaques et décorations républicaines des plus curieuses.

Dans les curiosités, des antiquités, bronzes, repoussés, des ivoires, des figurines et autres petits objets.

Une collection rare et curieuse de papiers-monnaies et des portefeuilles d'estampes historiques.

Les livres composant la bibliothèque seront vendus le lundi 15 avril, le catalogue se distribue chez M. DELION, libraire, quai des Augustins, n. 47.

Au comptant, 5 pour 100 en sus des adjudications.

DÉSIGNATION

DES OBJETS.

1 — Quarante-huit médailles, de ce nombre, dix en argent dont la belle médaille sur la mort de Louis XVI, le 21 janvier 1793, deux beaux essais des écus de 1793, clichés et autres de Lafayette, Mirabeau, Tayllerand, Barnave, un cliché doré et autres clichés.

2 — Quarante-huit médailles, dont la mort de Louis XVI et l'écu de six livres de 1793, en argent ; clichés de l'écu de Droz, de Marie-Antoinette, les cinq personnages les plus marquans de la République de 93 ; et en bronze la première médaille de Brezin 1792, Dixain en métal de cloche, etc.

3 — Soixante-neuf jetons en cuivre, de Louis XVI et la République, dont plusieurs très-rares.

4 — Quarante-huit médailles, monnaies et jetons de Louis XVI et la République, plusieurs rares.

5 — Cinquante et une médailles de Louis XVI et la République, dont cinq en argent, cinq clichés argent, Kléber, Bailly, St-Fargeau, Francklin, et diverses pièces, trois sous Louis XVI en 1787, très-rares et plusieurs pièces de Napoléon.

6 — Soixante-dix-neuf médailles, monnaies et jetons de Louis XVI, Louis XVIII et Napoléon, et les monnaies de la République d'Haïti, dont treize en argent et aussi Henri IV, Louis XIII, Louis XIV.

7 — Quarante et un grands clichés en cuivre argenté et médailles en bronze de la République, de l'Empire et Louis XVIII, et l'amiral Laisseques, Joséphine, Murat, de Buffon, l'espérance de tous les peuples, la liberté ou la mort, Napoléon aux Pyramides.

8 — Trente-huit médailles, argent et bronze, une en argent doré, de Denon, et deux en bronze, deux en argent, du roi Othon de Grèce et Capo d'Istria, deux en argent de Napoléon, la Bourse et la Banque, un écu de six livres de la République Cisalpine, visite à la monnaie du prince de Salerne, Paix et Force 1793, une médaille en fer de la Bastille et deux en étain.

9 — Soixante-cinq médailles et monnaies de la République et Napoléon, en argent et en bronze, dont la pièce en bronze de 2 fr. et un cliché de la pièce de 5 francs, de Berthier, pièce en plomb rare de Wellington, et une pièce d'essai de 1793 en bronze.

10 — Soixante-deux médailles antiques, du moyen âge et moderne, de l'ordre de Jérusalem et de l'ordre de Malte, dont quinze antiques, grecques la plupart des iles de Sicile, telles que Malte, Cossura et Gaulos, nous signalerons parmi les grands maîtres de Malte, Antoine de Paule, Paul Lascaris, Raphaël Cotoner, Ximénès Texada, Hompèche, etc.

11 — Trente et une médailles, des grand maîtres de Malte, plusieurs rares, d'Amérique, métal de la fameuse cloche de George d'Amboise de la cathédrale de Rouen.

12 — Quatre Louis le Débonnaire, Christiana religio.

Un Charles le Simple, Métallo.

Un Charlemagne d'Uzès, *idem* de Mayence, grand monogramme, *idem* de Mayence, même époque, *idem* dunos probablement Chateaudun.

Un joli demi tournoi du roi Jean, deux deniers pour épouser et un Charles fils de Louis VIII frère de Saint-Louis et comte de Nevers.

Un très joli piéfort, deniers Tournois de Louis XIII, et une pièce d'essai de quinze deniers de Louis XIV, fort rare.

Un Bohemont VII comte de Tripoli, grand et petit module, et deux pièces de Chypre en bronze.

Cent vingt-quatre médailles, monnaies et jetons moyen âge, modernes, francaises et divers pays, dont des pièces d'Italie, de Bologne, Venise, etc.

13 — Vingt-sept médailles de Louis XVIII, dont une en argent, Visite de madame d'Angoulême à la Monnaie.

14 — Cent-neuf médailles, monnaies et jetons sous Louis XV, Louis XVI, Napoléon, Louis XVIII, Murat, etc., huit sont en argent et une en or du mariage de Napoléon et Marie-Louise.

15 — Soixante-quinze médailles, monnaies et jetons de Napoléon, Louis XVIII, Charles X, une visite à la monnaie du duc de Bordeaux, un cliché de Bernadotte, le grand écu de Berne, une pièce d'essai de 1792 et plusieurs jetons loges maçoniques, etc., onze en argent, les autres en cuivre et étain.

16 — Cinquante sous variés de Louis XV, de Louis XVI et autres depuis 1789, un décime de l'an V, en cuivre à fleur de coin.

17 — Soixante-dix médailles et jetons de Louis XVI
et la République, et quinze médailles en
argent de la Suède, depuis Christine jusqu'à Bernadotte.

18 — Trois médailles impériales d'or, un Auguste,
un Anastase et un Arcadius.

19 — Une pièce 10 fr., une de 5 fr. de Jérome
Napoléon, un ducat de Francfort, un
seizième de quadruple de Philippe V, et
une pièce d'or de Villana, grand maître
de Malte, cinq pièces en or.

Quatorze pièces en argent, une de 2 f.
de Jérome Napoléon, 1 fr. d'Henri V, et
seize pièces en bronze dont une de Louis-
Philippe avec la Charte.

20 — Cinquante-neuf médailles et monnaies anciennes, dont deux impériales de Néron,
en bronze pour être enchassées dans des
enseignes militaires romaines. Parmi les
pièces curieuses il y a un double tournois
d'Henri IV pour le Dauphiné.

21 — Cinquante-cinq monnaies, médailles et jetons, la plupart du règne de Louis XVIII
et Napoléon, et pour diverses confréries
religieuses.

22 — Cinquante-trois médailles, monnaies et jetons en argent et en bronze, dont une
médaille de Louis XII, un méreau du temps
de Charles VII, médaille du régent
Philippe d'Orléans, etc.

23 — Soixante-quinze médailles en argent et en
bronze, plusieurs allemandes, jetons des
hommes célèbres du Parlement de Paris,
trois médailles anglaises rares et vingt-
deux pièces de l'Ecole de médecine, dont
celles du docteur Guillotin.

24 — Vingt-sept médailles la plupart du temps
de Dupré, Varin et autres, dont Henri IV,
Louis XIII, Isabelle d'Autriche, fille de
Charles Quint, cardinal de Bourbon,
Cosme de Médicis, Marie Tudor, Lesdi-
guières, la duchesse du Maine, Pompone
de Belièvre, etc.

25 — Trente-quatre médailles et monnaies en
bronze et en argent, dont un teston
d'Henri IV, médailles des règnes de
Louis XVIII et Charles X, et quelques
papes.

26 — Quatre-vingt cinq cachets et jetons, la plu-
plart de la République et de l'Empire, en
bronze et en étain et une grande médaille de la loterie nationale de la République.

27 — Quarante et une médaille et clichés de la
République et l'Empire, dont le siège de
la Bastille, le passage du Mont St-Bernard,
l'entrée des représentants du peuple au
conseil des Cinq-Cents, le maréchal Brune,
le passage du St-Bernard, le sacre de
Charles X, etc.

28 — Cent-seize médailles et monnaies du Moyen-
Age, en bronze et clichés, dont la loterie
nationale, règne de Napoléon, décoration
en plomb, règne de Charles X, etc.

29 — Soixante-douze médailles, monnaies et dé-
corations en bronze et clichés de
Louis XVIII, Charles X, Lafayette et
Henri V.

30 — Quatre-vingt huit médailles, dont vingt-
quatre en argent, de Napoléon, Louis XVIII
et Charles X.

31 — Quatre-vingts médailles, jetons et clichés,
les clichés représentent des médailles célèbres ou des camées rares, une plaque de
la République française avec la tête de
mort, une pièce de siège de Charles XIV,
roi de Suède, etc.

32 — Soixante-neuf monnaies et médailles, jetons
et mereaux, quelques uns de Bretagne,
de Lorraine, anglo-française et une médaille satyrique de Caligula pour la re-
présentation de la tragédie de Dumas.

33 — Trente-deux médailles, du règne de
Louis XVIII, dont un essai en cuivre, de
Droz et une en étain du même roi pour
la paix générale, en 1814, et dix-sept petites médailles en cuivre par Dacier, de
la collection des hommes illustres, dédiée
au duc d'Orléans, en tout cinquante-deux
pièces.

34 — Quatre-vingt-quinze médailles parmi lesquelles vingt-quatre cuivres et étains, des papes, monseigneur de Quélen, archevêque de Paris, Saint-Vincent de Paul, deux médailles en argent, soixante-trois méreaux de diverses églises et plusieurs jetons de la Lorraine, etc.

35 — Quatre-vingt-deux médailles frappées sous Louis-Philippe et à l'occasion de la révolution de juillet 1830, compris celle du duc d'Orléans jusqu'à sa mort, le 13 juillet 1842, aussi celle de Lafayette.

36 — Trente médailles, une en argent de Hus, quatre en étain, dont une du fameux Daniel O'Connell, celle de la République, la liberté ou la mort, un essai d'une pièce 5 fr. de Napoléon 1812, deux médailles en fer de la Bastille, grande médaille du grand Frédéric et Frédéric Guillaume, et une médaille pour le vœu de Louis XIII, par Varin.

37 — Soixante-deux médailles, poids, pièces de siéges, sceaux gothiques et modernes, dont dix-sept poids anciens parmi lesquels deux grecs, une romaine, les autres de France, d'Espagne, d'Irlande, plus un piéfort du denier Tournois de Louis XIII de 1618.

38 — Trente-deux médailles antiques romaines, Byzantines, grand et moyen bronze, dans le nombre le Pertinax et le Titus sont

faux. Parmi les grands bronzes, nous ci-
terons, Claude, Caligula, etc.

39 — Soixante médailles en argent du Haut-Empire, seize en petit bronze dont deux à
fleur de coin de la colonie de Nismes;
trois bronzes de Néron, dont deux ont
servi de miroir et un placé dans un en-
seigne militaire.

40 - Soixante-quinze médailles dont trois médaillons de Potin d'Antioche, deux en argent
de familles consulaires, Julia et Rutilia,
plusieurs d'Athène, un grand bronze
d'Orbiane, moyen bronze de la Judée.

41 — Soixante médailles et monnaies obsidionales
dont quatre en argent et sept en étain,
Ulm, Strasbourg, dans les pièces en
bronze, Cambray, Bréda, Mayence, douze
de Suède de Charles XII; une de Théodore
roi de Corse, de Paoli, et la grande
médaille en cuivre de l'amiral Nelson,
pour la bataille du Nil.

42 — Soixante médailles antiques romaines,
grand, moyen et petit bronze, et une
médaille coulée du temps d'un prince de
Bourbon de Dombes de 1576.

43 — Soixante médailles romaines consulaires et
du haut et bas-empire dont trente-deux
en argent, une gauloise en electrum.
Parmi les impériales un Pupien, une
Soemias; parmi les consulaires la famille
Mœnia et Cæcilia, etc.

44 — Cent vingt-quatre médailles, argent et bronze, consulaires et impériales et du bas-empire dont Pompée, Vitellus, etc., plusieurs grecques en bronze, il y en a de rares dont une de la Judée.

45 — Soixante-seize médailles et monnaies dont deux tiers de sous d'or Mérovingiens, un tiers de sol d'or de Zenon, divers pièces grecques en argent et bronze dont une d'Amérique, curieuse par ses caractères distincts.

46 — Soixante-trois médailles romaines de grand et moyen bronze, et petit bronze du haut et bas-empire.

47 — Cent-huit médailles romaines en argent et en grand, moyen et petit bronze, du haut et bas-empire.

48 — Quarante-huit médailles romaines, grand, moyen et petit bronze, plusieurs fausses de fabrique curieuse.

49 — Soixante-quatre médailles romaines de grand et moyen, et petit bronze du haut et bas-empire. Dans les grands bronzes est une superbe médaille de l'impératrice Sabina-Augusta Adriana, de la plus belle patine et de la plus belle conservation.

50 — Cinquante-six médailles romaines, grand et moyen bronze.

51 — Trente-quatre médailles romaines impériales dont un grand bronze d'Auguste, un idem de Jules César et Auguste Colonie de

Vienne, un Antonia, moyen bronze, etc.,
et trente-quatre empreintes de médailles
rares par *Mionnet*.

52 — Quarante-huit médailles romaines, grand
bronze dont un médaillon du bas-empire
de l'empereur de Justinien et plusieurs
pièces fausses des Padouans, assez curieuses.

53 — Cinquante-deux médailles antiques la plupart grecques, quelques-unes romaines
du haut-empire, et jetons à fleurs de
coins de Louis XIV, et Marie Leckzinska.

54 — Sept monnaies du moyen-âge en argent,
une monnaie de la deuxième race et une
de Guillaume II comte de Toulouse, plus
une médaille de Lavoisier.

55 — Un lot de monnaies d'Alger, de Tunis, de
Maroc, de Fez, dix-neuf pièces dont plusieurs monnaies arabes anciennes et trois
monnaies en cuivre des rois Arméniens.

56 — Monnaies indiennes, un plomb de Maurice
de Saxe, idem de la cathédrale de Strasbourg, aux arts la victoire, fondation de
la fontaine Molière, etc.

57 — Jetons d'adresses et médailles en cuivre
sous la République ; une rare du trésor
de la ville sauvé le 5 octobre 1789,
revers les armes de la ville surmontées du
bonnet de la liberté. Plus treize clichés.

58 — Grande médaille en argent de Napoléon,
Marie-Louise et le roi de Rome, dans un

étui aux armes de l'empire. Un cliché département des Bouches-du-Rhône.

59 — Une médaille en bronze du docteur Galle, un franc d'Henri V ; quatre petites médailles de Pie VII et trois clichés en plomb, l'Innocence reconnue.

60 — Médailles modernes en bronze de la restauration et autres antérieures, de divers modules, quinze pièces.

61 — Vingt-et-une médailles de Louis XIV, Louis XVIII, etc., dont quelques-unes curieuses.

62 — Huit as Ponderaux, et un Hadrien, rare.

63 — Quarante-deux médailles égyptiennes, romaines et bysantines dont une Byblus Diadumenien, et une Judée grand module.

64 — Soixante-huit médailles grecques et romaines moyen et petit bronze, plusieurs grecques assez rares.

65 — Vingt-huit monnaies de divers pays en billon et cuivre, la plupart d'Espagne et comme curiosité un Roger roi de Sicile, un Bohemon VII comte de Tripoli, un denier pour épouser du temps d'Henri III, un vingt-quatrième d'écu de Louis XIV, assez rare.

66 — Jetons en cuivre rouge et jaune dont quelques-uns curieux, cent-quarante-huit pièces.

67 — Monnaies diverses, cuivre et billon dont
une médaille de Pascal Paoli et Théodore
roi de Corse, cent-neuf pièces.

68 — Médaille inédite de bronze, de Limyra, ville
de la Lycie, illustrée par Dumersan qui en
fit la description en 1833.

69 — Quarante-cinq médailles en bronze de divers
modules, de Louis XVI, les trois Consuls,
Napoléon et hommes distingués de l'époque, de ce nombre vingt-neuf en bronze,
seize clichés ou repoussés de la République, dont les trois Martyrs de la liberté,
Marat, Chalier, et Le Pelletier de Saint-
Fargeau ; un joli plomb de 1789, la prise
de la Bastille et l'arrivée de Louis XVI à
Paris.

70 — Soixante-deux décorations, plaques et médailles en cuivre et émaillées des autori-
tés constituées, districts de Paris, dont les
Mathurins, la décoration de la paix et la
loi, les Barnabites, service du Conseil
des Cinq-Cents, une de soldat bourgeois,
porteur de charbon. Il est rare de trou-
ver actuellement un aussi grand nombre
de décorations et insignes républicains.

71 — Quarante-quatre clichés en bronze et en
plomb, représentant pour la plupart des
personnages du temps de la république et
de l'empire, dont quelques-uns paraissent
être complètement inédits.

72 — Quarante-neuf médailles en bronze, plaques
et clichés de la république, l'empire et la
restauration et juillet 1830, dont Char-
lotte Corday, Napoléon, Louis XVIII, le
pape Pie VII, pièce de siège de Frédéric,
roi de Suède, plus un sceau impérial des
titres de Napoléon, empereur, et une médaille du trésor sauvé en 1789, avec le
ruban et le procès-verbal du temps ,
7 juillet 1790.

73 — Huit tabatières et onze couvercles de tabatières, avec sujets de la révolution et de
l'empire, en tout dix-neuf pièces.

74 — Une tabatière en vernis d'Allemagne, avec
un sujet de Napoléon en Egypte, une au-
tre en plomb, de la Bastille et de cette
forteresse, dedans le modèle de l'échelle
de Latude.

75 — Sept plaques de gibernes et ceintures, plus
onze médaillons en plastique, sujets de la
révolution.

76 — Cent cinquante-quatre boutons de la république, de l'empire et de la restauration,
et un lot de clefs de montres de la même
époque. Cette réunion est curieuse, et
dans le nombre il se trouve des boutons
qui n'ont figuré dans aucune collection.

77 — Onze boutons, plus une garniture de boutons
en Sèvre, et un bouton très rare de Ven-
déen sous la république.

78 — Cent soixante cachets de la république, trois
lots.

79 — Treize cachets de la république, et une boîte
à tabac représentant Bonaparte, général
de l'armée d'Italie.

80 — Anciens sceaux, cachets, griffes et empreintes
en cuivre et en plomb, ensemble
soixante pièces grandes et petites.

81 — Trente cachets de l'empire et de la restauration.

82 — La médaille de Louis XII, au revers Anne
de Bretagne frappée du temps à Lyon.

83 — Henri IV et sa femme Marie de Médicis, au
revers le mariage.

84 — Henri IV, la tête couverte d'un chapeau, au
revers ses armes, très rare; Marie de
Médicis, au revers ses armes; Anne d'Autriche et Louis XIII, par Dupré, en 1620.

85 — Le jugement de Pâris, ciselure en argent
niellé, époque Louis XIII.

86 — Une plaque en cuivre très curieuse, l'entrée
d'Henri IV à Paris, du temps.

87 — Médailles du duc de Brissac, coulée en fer
de Berlin ; un cliché Louis XIV, création
d'un chevalier; divers clichés par An-
drieux pour Joséphine, la bataille de Ma-
rengo, baptême du roi de Rome.

88 — Deux grandes médailles en bronze, celle de
Mionnet par Depaulis, en 1829, celle de
M. Rozas de Lyon par Bonnaire.

89 — Une médaille en plomb d'Henri IV, au revers la prise d'une ville; une belle médaille en bronze d'Henri IV, au revers Achille combattant le Centaure.

90 — Médailles et clichés de Jacques II et mademoiselle Hyde, Louis XVII, Marie-Thérèse fille de Louis XVI.

91 — Une plaque en cuivre de l'assignat de 100 fr., plaque en cuivre, un Bacchus gravé par Vasselon, en 1748; un repoussé en cuivre, Calypso faisant brûler les vaisseaux de Télémaque.

92 — Trois poids vers 1300, une livre de Toulouse, une demi-livre de Castre et Savardunum.

93 — Une plaque représentant une nymphe et un faune, travail romain, époque gauloise, un pot en terre, même époque.

94 — Une petite coupe et un petit vase étrusque très fin représentant un griffon peinture jaune fond noir.

95 — Figure en fer, guerrier gaulois.

96 — Sept figures idoles égyptiennes dont une en bois très curieuse et les autres en terre émaillée et en bronze.

97 — Quatre petites têtes en terre cuite, de statues grecques et quatre lampes antiques en terre cuite dont une représente les Trois Grâces.

98 — Une petite tête antique en albâtre, un fer de lance et six fragments antiques en bronze.

99 — Quatre petites figurines antiques en bronze, un petit buste de jeune enfant et diverses amulettes égyptiennes en terre cuite, quinze pièces.

100 — Tête de Didon ; marbre antique.

101 — Une tête de Canope en basalte et toute couverte d'hiéroglyphes, et deux haches en silex.

102 — Un joli petit vase en bronze, et huit fragments d'ornements antiques en bronze.

103 — Une petite divinité gauloise en bronze, fragments en pierre calcaire et trois plâtres moulé sur l'antique.

104 — Une statue en bronze de Mercure, et quatre figures en bronze et en terre antique.

105 — Six papyrus égyptiens.

106 — Cinq petites figures et fragments de sculpture en bois et une en terre cuite, dont deux figures en ébène ayant fait partie d'un jeu d'échec sous Louis XIV.

107 — Quatre bouts d'aiguillettes ayant appartenu au maréchal Ney, et neuf petites figures modernes de Napoléon.

108 — Douze médaillons, miniatures, portrait de femme sous Louis XIV ; peintures sur nacre, biscuit, etc.

109 — Vingt et une pièces, boutons, fixés, médaillons en nacre de perle, etc.

110 — Trois camées en pierre dure, dont un d'un très beau travail ; une empreinte de Jules César, et une petite pierre cabalistique.

111 — Six bagues antiques presque toutes curieuses surtout une en cornaline donnant le portrait d'un roi Sassanide.

112 — Une garde de pommeau d'épée, d'un joli travail en fer ciselé, bouton d'un pommeau d'épée aussi en fer ciselé.

113 — Une plaque de voyage d'André Daulnier des Landes, compagnon du voyage de Tavernier aux Grandes-Indes en 1680, une plaque en bronze repoussé, la Vierge, Jésus, Sainte-Anne et Saint-Jean, etc., et deux sculptures en bois, sujets religieux.

114 — Deux petites figures indiennes en bronze et un animal fantastique imitant le lion, en pierre de lare, le dessous est un cachet avec caractère indien, très bien conservé, une plaque en bague chinoise.

115 — Un peigne en buis ayant appartenu à Gabrielle d'Estrée, avec cette devise : *Ayez pitié de moi.*

116 — Un modèle de la Tour du Temple à Paris, celui du Temple où est le Saint-Sépulcre à Jérusalem, en incrustation de bois et nacre, un petit modèle de vaisseau en bois, et un morceau de bois de poirier avec alphabet et sujets religieux sculptés en creux.

117 — Un livre d'heures, manuscrit du commencement du XVe siècle, avec arabesques et miniatures, ancienne reliure.

118 .— Un livre d'heures, figures en bois in-8,
ancienne reliure gauffrée.

119 — Deux tasses arabes avec inscriptions décrites
par M. Raynaud, membre de l'Institut ;
une amulette arabe en pierre, et une
pierre cône antique de la Bactriane.

120 — Un morceau de Dyptique en ivoire avec
quatre compartiments, trois personnages
dans chaque, sujet du Nouveau Testament,
il est dans un étui.

120 bis. — Un pontif grec, bas-relief en ivoire style
Bysantin ; une descente de croix, petit
bas-relief en ivoire.

121 — Médaillon en ivoire, cinq figures dont Sainte-
Barbe, autour du sujet une devise répétée
des deux côtés : *Désir me vaille,* morceau
curieux du XIII° siècle.

122 — Mère de Dieu, figure en ivoire on lit sur le
voile *ave Maria gratia,* et sur le bas
Dominus vobis cum.

123 — Un petit Saint-Jean en ivoire et les cheveux
dorés.

124 — Quatre figurines en ivoire, dont une tireuse
d'épine, deux petites figures de femmes
et un magot chinois.

125 — Deux côtés de rapes à tabac en ivoire, dont
une avec joli sujet de Mars, Vénus et
Vulcain, et une tabatière en ivoire et un
côté de rape à tabac en fer niellé.

126 — Onze petits objets divers en ivoire.

127 — Un vase en verre, imitation d'agathe, deux vases en terre rouge, etc.

128 — Sept pièces en cristal de roche, en albâtre, en terre émaillée et cuivre doré, etc.

129 — Pierres gravées, pâtes, biscuit, miniatures sur émail, empreintes, mosaïques, nacre, agathe, cornaline et autres objets, qui seront divisés sous ce numéro.

130 — Un lot extrêmement curieux de divers papiers monnaies, tels que billet de la banque de Law, billet d'état de la compagnie des Indes, actions des fermes générales de la caisse d'escompte, assignats royaux, idem des vendéens, billets de confiance et des départements, assignats de la République de 93 et autres papiers monnaies de France, et ceux des siéges de Mayence et Lyon. Cette collection historique qu'il serait difficile de former aujourd'hui, a été l'objet de prédilection de M. le chevalier de Petré, il y est joint le catalogue qu'il en a fait.

131 — Un lot de divers portefeuilles d'antiquités, monuments, portraits détachés de divers ouvrages, les grands maîtres de l'ordre de Malte, etc.

132 — Un portefeuille contenant un grand nombre de pièces curieuses et historiques, sur la Révolution de 1793, et événements antérieurs.

133 — Les drapeaux de la garde nationale de Paris,
en 1791, deux volumes in-4°, figures co-
loriées.

134 — Un portefeuille contenant un grand nombre
d'estampes sur l'Empire, la Restauration
et la révolution de juillet.

135 — Une promenade aux Tuileries, gravée en cou-
leur, par Debucourt.

136 — Le grand Frédéric venant de passer une
revue à Sans-Souci, gravé par Clémens.

137 — Deux bouquets de fleurs, peints par Bap-
tiste Monnoyer.

138 — Un tableau de Diane et ses nymphes.

139 — Les articles omis.

ORDRE DE VACATION.

On commencera du numéro un en suivant jusqu'à la fin.

4135   Imp. Maulde et Renou, rue Bailleul.